First published in the United States in 2008 by Chronicle Books LLC.

Bilingual version supervised by SUR Editorial Group, Inc.
English translation by Elizabeth Bell.
Book design by Wendy Lui.
Typeset in Weiss and Handle Oldstyle.
Manufactured in Hong Kong.

Library of Congress Cataloging-in-Publication Data
Cela, Jaume, 1949–
  The Pied Piper = El flautista de Hamelín / adaptation by Jaume Cela ; illustrations by Cristina
Losantos.
     p. cm.
  Summary: The Pied Piper is brought in to save the village of Hamelin from being overrun by
rats, but when the town refuses to pay him, he extracts a terrible revenge.
  ISBN 978-0-8118-6028-4 (hardcover) — ISBN 978-0-8118-6029-1 (pbk.)
 1. Pied Piper of Hamelin (Legendary character)—Legends. [1. Pied Piper of Hamelin
(Legendary character) —Legends. 2. Folklore—Germany—Hameln. 3. Spanish language
materials—Bilingual.] I. Losantos, Cristina, ill. II. Pied Piper of Hamelin. English & Spanish. III.
Title. IV. Title: Flautista de hamelín.
  PZ74.1.C44 2008
  398.2—dc22
  [E]
2007008122

10 9 8 7 6 5 4 3 2 1

Chronicle Books LLC
680 Second Street, San Francisco, California 94107

www.chroniclekids.com

# THE PIED PIPER

# EL FLAUTISTA DE HAMELÍN

ADAPTATION BY JAUME CELA

ILLUSTRATED BY CRISTINA LOSANTOS

chronicle books·san francisco

Once upon a time, the town of Hamelin, Germany, was invaded by rats. Rats were everywhere—snacking in the kitchen, napping in people's beds, lounging on clean clothes in the closet, pestering horses in the stables, even hiding in kids' toy baskets!

Hace mucho tiempo, la ciudad de Hamelín en Alemania se vio invadida por una plaga de ratas. ¡Se metían en todas partes—merendando en la cocina, echando una siesta en la cama, repantigándose en los armarios sobre la ropa recien lavada, molestando a los caballos en los establos, y hasta escondiéndose entre los juguetes de los pequeños de la casa!

The townsfolk didn't know what to do. The mayor called a meeting with the Town Council. They spent hours discussing ideas and drawing up plans. But no matter how hard they tried, they couldn't think of a solution.

Los habitantes de la ciudad no sabían qué hacer. El alcalde reunió todo el concejo de la ciudad. Pasaron horas discutiendo ideas y planeando diversas acciones. Pero con todos sus esfuerzos, no lograron hallar una solución.

Then, just when all hope seemed lost, a young man appeared at the door. He wore a multicolored suit with bells on his cap and a flute around his neck.

"Ladies and gentlemen," he announced. "I have the solution to your problem!"

"What is the price of your miraculous remedy?" asked the mayor.

"Not much: a mere ten thousand banknotes."

Y cuando parecía ya que todo estaba perdido, se presentó a la puerta un joven. Llevaba puesto un traje multicolor, un sombrero lleno de cascabeles y una flauta colgando del cuello.

—Damas y caballeros —anunció—, yo tengo la solución a su problema.

—¿Cuál es el precio de este remedio milagroso? —preguntó el alcalde.

—Poca cosa: sólo diez mil billetes.

The mayor and the council members gasped at such a high price. But they were desperate to get rid of the rats.

"If you put an end to this plague," said the mayor, "we will pay you what you ask."

~

El alcalde y los concejales quedaron boquiabiertos al oír un precio tan alto. Pero estaban desesperados por deshacerse de las ratas.

—Si pones fin a esta plaga que padecemos —dijo el alcalde—, te pagaremos lo que pides.

The piper strode out to the street and put his flute to his lips.

He began to play a melody that nobody had ever heard before. Hundreds of rats streamed out of their hiding places.

El flautista salió a la calle y se acercó el instrumento a los labios.

Una melodía que no se había oído nunca antes salió de la flauta. Cientos de ratas manaron de sus escondrijos.

As he played, the piper walked. The rats followed him. He led them through the gates of town, beyond the outskirts, all the way to the banks of a river. One by one, the rats jumped in—but not knowing how to swim, they all drowned.

All, that is, except one. He was an old rat that couldn't run as fast as the others. By the time he reached the riverbank, the music had stopped, so he did too.

Mientras tocaba, el flautista se echó a andar. Las ratas lo siguieron. Él las condujo a través de las puertas de la ciudad, más allá de los arrabales, hasta la orilla del río. Una por una, las ratas se precipitaron el el agua—y sin poder nadar, todas se ahogaron.

Bien, todas menos una. Era una rata vieja y no podía correr como las demás. Cuando llegó al río, la música había dejado de sonar, así que la rata dejó de seguirla.

The Pied Piper returned to the town hall to claim his reward. All the townsfolk clapped and cheered as he passed by.

"Well, that wasn't very much work for you at all!" said the mayor.

"Perhaps," replied the piper, "but a bargain is a bargain, and I have done my part."

"I'll give you twenty-five banknotes," snorted the mayor. "That should be more than enough."

El flautista volvió al ayuntamiento a reclamar su recompensa. La gente le recibió con grandes aplausos y ovaciones mientras pasaba.

—Bueno, eso fue poco trabajo —dijo el alcalde.

—Es posible —respondió el flautista—. Pero los tratos son los tratos, y yo he cumplido con mi parte.

—Os daré veinticinco billetes —replicó el alcalde, amoscado—, y ya vais bien servido.

The Pied Piper was angry. He put his flute to his lips and began to play a melody even stranger than the first. Slowly, the boys and girls of Hamelin drifted into the streets. The piper began to walk, and the children followed him, dancing joyfully.

The townspeople begged the piper to stop playing, but the music froze them in place.

El flautista se enojó. Acerco la flauta a sus labios y empezó a tocar otra melodía, más misteriosa aún que la primera. Poco a poco, los niños y niñas de Hamelín salieron como sonámbulos a la calle. El flautista empezó a caminar, y los niños lo siguieron, bailando alegremente.

La gente imploraba a gritos que detuviese el flautista, pero, por el encanto de la música, nadie se podía mover.

The piper led the children through the gates of town and up a steep mountainside. When they reached the top, the mountain opened, and all the children disappeared inside.

All, that is, except one. He was a little boy on crutches who hadn't been able to keep up with the others. By the time he reached the foot of the mountain, the music had stopped, so he did too.

El flautista condujo las criaturas por los portales de la ciudad y a la ladera de una alta montaña. Cuando llegaron a la cima, la montaña se abrió, y todos los niños y las niñas desaparecieron en sus entrañas.

Bien, todos menos uno. Era un niño que andaba con muletas y no había podido seguir al ritmo del grupo. Cuando llegó al pie de la montaña, la música había dejado de sonar, así que el niño dejó de seguirla.

When asked by rats in other towns why he had followed the music, the old rat explained that the piper's magical notes sang of soft cheese, warm bread, and cakes sweeter than honey. "Follow me, and all this will be given to you!" went the song of the Pied Piper.

Cuando las ratas de otros pueblos preguntaron a la vieja rata por qué había seguido a la música, explicó que las notas mágicas del flautista hablaban de queso tierno, de pan caliente y de pasteles más dulces que la miel. "Venid, que todo será para vosotras" —prometía la música del flautista.

When asked by the grown-ups of Hamelin why he had followed the music, the little boy on crutches explained that the piper's music sang of a magical world where no one was ever poor, or sick, or sad, but everyone was happy for ever and ever.

Cuando los adultos de Hamelín preguntaron al niño que andaba con muletas por qué había seguido a la música, respondió que la tonadilla del flautista hablaba de un mundo maravilloso donde nadie nunca era pobre, enfermo, ni triste, sino que todos eran felices para siempre.

## Also in this series:

Aladdin and the Magic Lamp ✦ Beauty and the Beast ✦ Cinderella
Goldilocks and the Three Bears ✦ Hansel and Gretel ✦ The Hare and the Tortoise
Jack and the Beanstalk ✦ The Little Mermaid ✦ Little Red Riding Hood ✦ The Musicians of Bremen
The Princess and the Pea ✦ Puss in Boots ✦ Rapunzel ✦ Rumpelstiltskin ✦ The Sleeping Beauty
Snow White ✦ The Three Little Pigs ✦ Thumbelina ✦ The Ugly Duckling

## También en esta serie:

Aladino y la lámpara maravillosa ✦ La bella y la bestia ✦ Cenicienta
Ricitos de Oro y los tres osos ✦ Hansel y Gretel ✦ La liebre y la tortuga
Juan y los frijoles mágicos ✦ La sirenita ✦ Caperucita Roja ✦ Los músicos de Bremen
La princesa y el guisante ✦ El gato con botas ✦ Rapunzel ✦ Rumpelstiltskin ✦ La bella durmiente
Blancanieves ✦ Los tres cerditos ✦ Pulgarcita ✦ El patito feo

Jaume Cela is an educator and one of the most renowned writers of Catalan literature for children and young adults. He has received numerous awards for his achievements in the field.

Jaume Cela es un educador y uno de los más famosos escritores de literatura catalana para niños y adolescentes. Ha recibido numerosos premios por sus éxitos en este campo.

Cristina Losantos holds a fine arts degree from the University of Barcelona. A former professor of art, she is currently an illustrator for the top publishing houses in Spain.

Cristina Losantos, licenciada en Bellas Artes por la Universidad de Barcelona, era profesora de dibujo antes de dedicarse a la ilustración. Trabaja para las editoriales más importantes de España.